Entre Duendes y Ratones

Patricia Bossano

WATERBEARER PRESS

Editado por Virginia Cinquegrani, Correcciones. Ciudad Autónoma de Buenos Aires, Argentina.

Ilustraciones de cubierta e interior por Whimcifer y Beluza de CenkiStudios— un conjunto de diseñadores que crean ilustraciones para libros, cómics y más. www.CenkiStudios.com

Library of Congress Control Number: 2021920033

Publicado en los Estados Unidos de América por WaterBearer Press, diciembre 2021. www.WaterBearerPress.com

Tapa dura: ISBN 978-1-7325093-6-8
Tapa blanda: ISBN 978-1-7325093-7-5
Libro electrónico: ISBN 978-1-7325093-8-2

Como siempre,
Al correo de las brujas y los brujitos
May we live on and prosper

¡Hola!

Me llamo Pablo. ¿Me creerías si te digo que hace mucho tiempo, cuando era un niño, fui ratón por doce días enteros?

¿No?

Ya me lo imaginaba.

Bueno, déjame contarte la historia de cómo sucedió esto y de cómo salvé al mundo entero de una tremenda tragedia. Claro que, si fuera Benjamín quien te contara este cuento, te diría que fue él quien hizo todo el trabajo, pero mi opinión es otra.

En todo caso, esta es mi historia…

Era el 13 de diciembre y hacía el típico calor de esa temporada del año. Llevaba puesta una camisa de mangas cortas, recién planchada, y pantalones livianos, y, al salir por la puerta, mi mamá me dio una gorra. Afuera me esperaba el chofer para llevarme a los jardines frente a la catedral, donde me encontraría con mi papá, como cada viernes.

Papi y yo nos reuníamos cada viernes, supuestamente, para ir de paseo y a comer, pero nunca resultaba así. Siempre terminábamos con el característico almuerzo de negocios durante el cual yo me sentaba frente a él, por una hora entera, comiendo en silencio mientras él, con su celular siempre al oído, disparaba órdenes e instrucciones a los subalternos de su negocio: una juguetería.

Como pueden imaginarse, mi entusiasmo era mínimo. Pero de todas maneras iba a estas reuniones porque, al fin de cuentas, mi mamá tenía razón y supongo que esta clase de contacto con mi papá era preferible a nada.

El chofer se detuvo frente a la plaza y yo me bajé del coche fresco al aire cálido de la tarde. Miré mientras el vehículo se alejaba por la calle con la certeza de que regresaría por mí en exactamente dos horas. Me dirigí hacia la banca más cercana pensando que iba a ser un viernes como cualquier otro, pero estaba muy equivocado.

Ni se me había ocurrido pensar que en doce días llegaría la Navidad y quién se hubiera imaginado que esto provocaría un problema tan grande en el Polo Sur; la contraparte del mitológico *Christmas Town* hacia el Norte.

¡Pero en cuestión de minutos me iba a enterar!

Ese gran problema estaba a punto de entrar en mi vida y ahí estaba yo, sentado en una banca, sin oficio ni beneficio.

Así es, Benjamín estaba allá en el Polo Sur, en Navidaldea (como yo le llamo). Benjamín es el duende a cargo de las listas. Sabes qué listas, ¿cierto?

¿No?

Son las listas con los nombres de todos los niños y niñas bien educados. ¡Sí, esas listas!

Benjamín estaba tratando con desesperación de poner sus documentos al día cuando se enteró de que sus ayudantes habían decidido hacer una huelga a partir de esa mañana y programaban extenderla hasta Año Nuevo.

Cualquiera diría que eso no era asunto mío. Yo también lo hubiera dicho, pero otra vez me habría equivocado.

Benjamín estaba muy desconcertado en su pequeña oficina y, habiendo perdido casi toda su paciencia, empezó a discutir con los otros duendes.

—No entiendo por qué no me entregan las listas —le exigía a Víctor, el portavoz.

—Es que simplemente ya no vale la pena —insistía el descorazonado Víctor—. Puede ser que haya niños que se portan bien, pero te aseguro que se han olvidado por completo de lo que es la Navidad.

—¡Pero es nuestra obligación! —Benjamín argumentaba—. ¿Qué crees tú que va a decir Papá Noel cuando se entere de esto? —Pobrecito Benjamín, estaba realmente consternado ante la posibilidad de tener que enfrentar al mismo Papá Noel con tan malas noticias provenientes de la sucursal Sur—. ¡No, no, no! ¡Esto es simplemente inconcebible! —recriminó Benjamín, rehusándose a aceptar la situación.

—Mejor será que te resignes, Benjamín —insistió Víctor—. Es más, en mi opinión, en este mundo, ya nadie cree en Papá Noel.

—¡Muérdete la lengua! —condenó Benjamín, pero, en medio de su furia, empezó a darse cuenta de que todos los duendes parecían compartir la opinión de Víctor: las señales indicaban irrefutablemente que el espíritu de la Navidad estaba poco a poco desapareciendo del mundo.

—Esto no puede ser —murmuró incrédulo Benjamín—. Debe haber alguien que tenga fe. Alguien tiene que saber lo que es la Navidad, ¿no?

—Nadie a quien nosotros pudiéramos encontrar —acertaron los duendes.

—Y en lo que nos concierne, no hay nadie en este planeta que se merezca regalos —dijo Víctor y Benjamín supo que sus ayudantes ya se habían dado por vencidos.

Y fue en ese momento que Benjamín se armó de valor y enfurecido dejó pasmados a todos los duendes cuando les informó lo siguiente:

—Pues no estoy de acuerdo. Y les demostraré que sí hay niños en el mundo que saben lo que es el amor y saben lo que es compartir, y saben lo que es dar felicidad a otros con verdadero espíritu navideño —anunció mientras se paseaba en su oficina ante los ayudantes que se habían quedado mudos—. ¡Y cuando lo haga, todos ustedes se arrepentirán de haber dudado! —Al no escuchar respuesta alguna de los otros duendes, Benjamín se enfureció aún más. Dejó de pasearse y miró ferozmente a los allí reunidos—. Ya van a ver todos ustedes, ¡lo van a ver!

—¡Has lo que tú quieras! —dijo Víctor, desafiando a Benjamín—. Pero, únicamente cuando nos demuestres que hay por lo menos un niño merecedor, te entregaremos las listas.

—¡De acuerdo!

Me pregunto si, en ese momento, Benjamín tuvo dudas sobre su misión.

No. No había tal para el decidido Benjamín.

Así abandonó el Polo Sur, en ese mismo instante, con la certeza de que podría encontrar un niño que supiera y comprendiera. Les enseñaría a sus duendes lo equivocados que estaban respecto de los niños en este mundo; después de todo, ¡él era Benjamín!

De entre una resplandeciente lluvia de polvo centelleante, Benjamín alzó vuelo rumbo a la ciudad más cercana y así fue como se tropezó con un niño llamado Pablo. Yo.

Mi apariencia debió alentar a Benjamín a acercarse. Ahí estaba yo, sentado en la banca frente a la catedral, sumergido en mis pensamientos como si estuviera considerando asuntos muy importantes. Me imagino que, al verme tan joven —después de todo, no contaba con más de diez años en ese momento—, debí parecerle un buen candidato para cumplir con su misión.

Se acercó a mí e intentó hablarme en su tono más amigable, pero su apariencia fue suficiente para ponerme en guardia.

—Hola, Pablo. ¿Cómo estás en esta tarde tan agradable?

Antes de poder contener mi espanto y acordarme de todas las cortesías que mi mamá me había enseñado, le contesté:

—¿Qué clase de bicho raro eres y cómo es que sabes mi nombre?

Benjamín me sonrió y afablemente miró sus vestiduras color púrpura como si las estuviera viendo por primera vez. Examinó el cuello espeso y blanco de su traje, y las franjas que parecían de algodón adornando sus mangas. Luego tomó nota de sus botas de charol negro y, con esa misma sonrisa, volvió su mirada hacia mí, justo cuando había empezado a sentirme cohibido por su actitud complaciente, aunque su apariencia no dejaba de parecerme demasiado extraña.

—Yo soy un duende —contestó jovial como un cascabel—. Me llamo Benjamín y es mi obligación saber el nombre de los niños y niñas que recibirán obsequios en la Navidad.

—¿Qué mentiras me estás diciendo? Nadie cree en duendes o en Papá Noel. ¿Quién eres? En serio. —Me sentía insultado, sus palabras eran completamente ridículas y no me iba a quedar callado y permitirle a ese duende purpúreo que se burlara de mí.

Pero Benjamín continuó con gran aplomo.

—Yo estoy aquí haciendo una diligencia a nombre del propio Papá Noel. Y sí, ¡él existe! —me dijo mirándome fijamente—. Y lo que necesito de ti es algo muy simple.

Traté de esconder mi confusión y mis dudas mientras Benjamín continuaba con su explicación. Lo escuché con mucha atención procurando mantener una expresión preocupada en mi cara a la vez que mi mente volaba tratando de encontrar la forma de manejar esa situación.

—Lo que pasa es lo siguiente —me contaba Benjamín mientras se rascaba las barbas blancas—: algunos de mis ayudantes han llegado a la conclusión de que los niños de ahora no comprenden de qué se trata el milagro de la Navidad y a mí se me ocurrió que la única solución a este problema es demostrarles lo contrario, porque, si no lo hago, ya no habrá más Navidad. —Benjamín vaciló por un instante. Yo creo que en ese momento se dio cuenta por primera vez de la magnitud de su misión y, sacudiendo su cabeza, continuó bruscamente—.

En todo caso, la única forma de resolver esto era que yo mismo viniera a buscar la prueba —dijo como si sus palabras tuvieran un significado obvio para mí. Poniendo sus manos rechonchas en mis hombros y mirándome fijamente prosiguió—: necesito una cosa muy simple y es que me digas lo que la Navidad significa para ti, desde el fondo de tu corazón y con toda sinceridad.

Me di cuenta de que Benjamín esperaba que le respondiese a semejante pregunta y no vacilé, repetí como un autómata malcriado y arrogante lo que durante mis diez años de vida había escuchado en boca de mi padre.

—Papá Noel es el truco comercial más grande que ha sido inventado en la historia del mercado mundial. Mi papá siempre dice que quien haya inventado este mito, seguramente hizo una millonada.

—Voy a ignorar lo que has dicho de Papá Noel porque obviamente no sabes lo que dices —dijo entre dientes Benjamín como guardándose de perder el control—. Pero repito mi pregunta: ¿qué significa para ti la Navidad?

Debo confesar que me arrepentí de mis palabras en el mismo instante en que salieron de mi boca al ver la cara del pobre Benjamín, quien con su quijada desencajada me miraba sin mirarme, esperando mi respuesta. Pero mi destino estaba sellado y, aunque su reacción me hizo sentir una punzada de culpabilidad, logré continuar con mi discurso anclado en la creencia de que mi padre estaba en lo correcto, a pesar de que en el fondo de mi corazón y con toda sinceridad, nunca había estado de acuerdo con él.

—La juguetería de mi papá es una de las más rentables en la ciudad. Y, cuando se acerca la Navidad, mi papá contrata cientos de Papás Noel para que se sienten y escuchen a los niños pedir listas y listas de juguetes que, al final, los padres acabarán comprando para no desilusionar a sus hijos. La Navidad es un negocio redondo —concluí como un eco de mi papá.

En los segundos de silencio que siguieron, recordé cómo mi padre se jactaba de las grandes sumas de dinero que ingresaban al banco durante la temporada navideña. Me acordé también de la emoción que yo sentía cuando se aproximaba la fecha y mi papá me permitía visitar la juguetería y escoger tres juguetes.

—¿Cómo puedes hablar así, Pablo? Estás tan lejos de la verdad. Por dónde le encuentras sentido a lo que acabas de decir, ¿cómo puede haber felicidad de esa manera y cómo es que tu padre te ha dejado creer semejante necedad?

—Mi papá dice que las ganancias nos traen felicidad. ¡Tú eres el necio! Tú eres el ridículo y el raro. ¿Te has mirado en un espejo? ¡No eres más que un enano maldito que quiere asustarme! —le grité dando rienda suelta a mi enojo y resentimiento, porque, a pesar de todo, Benjamín no tenía derecho a hablar así de mi papá.

—¡Eres un mocoso arrogante y malcriado! —me acusó y, habiendo perdido su serenidad por completo, me dijo—: ¡voy a enseñarte una lección que no podrás olvidar mientras vivas!

Para esa fecha, yo ya sabía que había cometido un gravísimo error, pero de todas formas mi orgullo era tal que no pude pedir disculpas, aunque en secreto, su furia me llenaba de miedo. Sí, de verdad que debí haber pedido perdón, pero, en lugar de eso, empecé a retroceder ante su semblante amenazador y, tratando de calmar mi histeria sin el menor éxito, le dije:

—Ni se te ocurra ponerme un dedo encima; mi papá va a llegar muy pronto —gemí mi amenaza, pero ya fue demasiado tarde.

Benjamín levantó los brazos sobre su cabeza, apareciendo enorme y feroz, como invocando todo el poder de los cielos hacia él. Y, fijando sus ojos sobre mí, empezó a chacharear palabras casi incomprensibles.

Más tarde me di cuenta de que, efectivamente, ese fue el instante en el que me puso un hechizo y no es que habría podido hacer algo al respecto si lo hubiera sabido, pero, la importancia del momento es que fue entonces cuando se dictó mi sentencia con las siguientes palabras:

Nariz diminuta para olfatear indicios,
garras microscópicas te brindan un servicio,
con bigotes crispados mirarás a tu alrededor
y por doce días serás apenas un roedor.

*Cuando las campanas repiquen a las doce
y no sepas de la Nochebuena cuál es el goce,
tu vida como Pablo será menos que una memoria
y de ti me olvidaré, pasando así,
tu existencia a la historia.*

Sus palabras todavía zumbaban en mis oídos y mi mente estaba en una confusión absoluta. Mi cuerpo entero parecía temblar y encogerse a la vez, intensificando mi ansiedad. Por más que trataba de comprender, no podía ver nada con claridad. Todo estaba sucediendo demasiado rápido hasta que, con un destello de luz en mi cerebro atormentado, entendí lo que estaba pasando. *Olfateando, garras microscópicas, bigotes…*

—¡Nooooo! —grité desesperado—. ¡No puedes hacerme esto!

Aquellas fueron mis últimas palabras y luego mi voz dejó de existir. ¡Benjamín me había convertido en un ratón!

Sí, claro que había escuchado cuentos y leyendas sobre duendes, pero, generalmente, en los cuentos que yo sabía, los duendes eran buenos, pero este Benjamín era un duende malvado; por lo menos, esa era mi opinión de él en ese momento.

Sin saber qué me hacía, salí corriendo de la plaza tratando de encontrar mi casa. Cuando finalmente llegué, mis pobres padres estaban fuera de sí. Mi padre había ido a casa luego de haberme esperado por media hora y su apariencia esa noche era la de un hombre desquiciado. La angustia de mi mamá me rompía el corazón y, en esos momentos, no quería más que abrazarlos y besarlos.

Alcancé a escuchar que un informe policial decía que una señora me había visto en compañía de un hombrecillo vestido de manera muy extraña y que ambos habíamos desaparecido inexplicablemente delante de sus propios ojos y en cuestión de segundos.

Por cuatro días enteros, traté de llamar su atención, pero lo único que logré fue que mis padres llamaran al exterminador. Ante esto, no tuve más remedio que salir de mi casa y empezar a vagar por las calles, solo y con un frío que, a pesar del verano y de mi nuevo abrigo, parecía llegarme hasta los huesos.

¡Cómo extrañaba mi cama y mi almohada de plumas, el calor de mi hogar! Y cómo anhelaba ver a mi papá y a mi mamá. Nunca había sentido su amor por mí tan fuerte como en esas últimas horas durante las que fui testigo de su angustia.

Mi papá estaba gastando dinero a manos llenas contratando investigadores y ofreciendo recompensas, pero, en medio de toda esa confusión, él actuaba con la absoluta certeza de que me encontraría y fue su confianza ciega la que me calmó y levantó mis ánimos, por lo menos un poquito.

Las palabras de Benjamín seguían girando en mi cabeza de ratón: "Cuando las campanas repiquen a las doce y no sepas de la Nochebuena cuál es el goce...".

Todavía no entendía nada de nada. Fue entonces, mientras buscaba una explicación a las palabras de Benjamín, que una ratoncita callejera me encontró y, aunque yo creí no necesitar ayuda o compañía, ella estaba segura de lo contrario.

—¡Hola! ¿Por qué estás tan solo y tan triste? —me preguntó incauta.

Su actitud era demasiado alegre para mi estado de ánimo, así que, como ya se imaginarán, su sonrisa y curiosidad me fastidiaron.

—No es asunto tuyo —le contesté malhumorado— y mejor será que te vayas porque quiero estar solo. —Nuevamente sentí esa punzada de culpabilidad, esta vez en mi pecho peludo.

—¡Uf! Perdón —dijo risueña—, nada más quería acompañarte y ver si querías algo de comer porque me pareció que tenías hambre.

Mientras me decía todo esto, depositó cuidadosamente unas migajas de pan frente a mí.

¿Pueden creer eso? ¡Después de que me había portado tan duro con ella, me brindaba comida!

Pero yo estaba decidido a echarla de mi lado y, aunque sabía que apreciaría su buen gesto más tarde, le dije:

—No necesito tu compañía y tampoco necesito tu ayuda.

Y ahí está, eso fue lo que le dije, aunque para mis adentros deseaba que no se le ocurriera llevarse las migajas de pan porque, después de todo, estaba muerto de hambre y, desde que había empezado a vagar por las calles, se me hacía muy difícil encontrar comida.

—Yo vivo allá, debajo de las escaleras de la ferretería —indicó amablemente e insistió—. Me llamo Clara y me gustaría mucho jugar contigo, digo, si tú quieres...

Hay cada persona —digo, ratones— que simplemente no entienden. Cuando alguien quiere estar solo, es porque quiere estar solo. Además, era más que seguro que querría algo a cambio. ¿Quién hace las cosas solo por el placer de hacerlas? ¡Nadie!

En todo caso, me comí el pan porque era preferible que me lo comiera yo a que vinieran los pájaros y se atragantaran con mi merienda. Claro que antes de comérmelo, me aseguré de que Clara no me estuviera observando, para evitar así una situación vergonzosa para mí.

Pasé esa noche en la calle, solo y con frío. Desde donde me acurrucaba, debajo de un basurero, podía ver las escaleras de la ferretería e, imaginando sentir el calor de la lucecita que brillaba adentro, me preguntaba sin querer qué hacía Clara.

Logré dormir, no sé cómo, porque hay miles de ruidos extraños en las calles oscuras. Pero la mañana llegó y yo le di la bienvenida a los tibios rayos del sol. Me sentía un poco mejor.

—¡Buenos días! —me llegó el parloteo risueño de Clara.

—Te traje algo para desayunar.

—Gracias —murmuré contento por su insistencia, pero preguntándome todavía si Clara buscaba algo a cambio de sus atenciones o si tal vez quería que le pidiese disculpas por mi comportamiento de la noche anterior. Obviamente, no le iba a ofrecer mis disculpas, pero, de todos modos, sus intenciones me preocupaban.

—Si no tienes a dónde ir, puedes venir a quedarte con nosotros —sugirió cuidadosamente y luego agregó como si fuese un detalle completamente normal—. Mi mamá dijo que le parecía bien.

Ante mi silencio, Clara se dio la vuelta y emprendió su regreso a casa con la intención de dejarme solo como se lo había pedido la noche anterior. No pude evitar sentir una punzada de preocupación ante la idea de que no intentara acercarse más y, por lo tanto, me apresuré a decir:

—Este..., Clara..., lo voy a pensar, ¿sí? —le dije tratando de disfrazar mi tono de voz con más amabilidad y menos inquietud.

Durante dos días intenté que mi apariencia no fuera la de un desdichado porque no quería que Clara se diese cuenta de que no podía defenderme solo, aunque la verdad era que no tenía la más mínima idea de cómo encontrar comida y, si no hubiese sido por los mendrugos que ella me ofrecía, me hubiese muerto de hambre en ese cuerpo peludo al que Benjamín me había condenado.

Me preguntaba por enésima vez, cuál era la lección que Benjamín estaba empeñado en enseñarme. ¿Tendría algo que ver con el comportamiento de la gente, digo, de los ratones?

¡No! Más bien el comportamiento de la gente y su generosidad hacia los demás. ¿Pero qué era ese asunto del goce de la Nochebuena?

Mi maratón de reflexiones fue interrumpida por un grito espeluznante de Clara. Me quedé frío por un instante, pero un instante nada más, pues un gato la estaba persiguiendo y, aunque no sabía qué era lo que iba a hacer, corrí hacia ella a toda velocidad con mis pequeñas patas porque sabía que tenía que salvarla de una forma o de otra.

En cuestión de segundos y no sé de dónde, apareció un perro que empezó a perseguir al gato, y este a su vez tuvo que dejar de cazar a Clara. Toda la escena parecía una caricatura y, si no hubiese estado tan preocupado por Clara, me hubiera echado a reír ante la comicidad del episodio.

En medio de su espanto, Clara había buscado refugio entre los rosales del parque y, cuando la alcancé, sentí un alivio enorme al ver que estaba sana y salva. Con un par de heridas menores causadas por las espinas, pero nada más.

—Ya estoy aquí, Clara. Deja que te cuide, por favor —le pedí con mi tono más consolador y heroico, porque, para mí sorpresa, estaba atacado de una satisfacción enorme al saber que le podía ser útil en su momento de necesidad.

—¿Ya se fue ese gato? Dime, Pablo, ¿ya se fue? Pasé un susto terrible —suspiró estremecida mientras yo apartaba una rama espinosa para que ella pudiera salir de su escondite sin más lesiones.

—Creo que el perro lo alcanzó —le dije—. Deja que te acompañe a tu casa y vas a ver que pronto se te pasa el susto y te sientes mejor.

A brincos y a saltos, pero con mucha cautela, nos dirigimos hacia las escaleras de la ferretería.

—Además, si no te sientes mejor pronto, ¿quién va a darme de comer? —le confesé, en parte, porque era la pura verdad de mi situación tan incierta, pero también porque por fin estaba admitiendo que disfrutaba de su atención y compañía.

—Eso es cierto, Pablo. —Clara rio—. ¿Cómo sobrevivirías si yo no estuviera aquí para ayudarte?

Creo que estaba contenta de que por fin había decidido ser su amigo.

Llevé a Clara a su casa y, cuando pasamos por la pequeña rendija que servía como entrada, me entraron unas ganas terribles de llorar al ver como su madre y sus hermanos se alborotaban viendo su estado y, más aún, al enterarse del feroz encuentro que Clara había tenido con el gato. Su angustia fue evidente y, al mismo tiempo, su alivio al comprobar que en realidad Clara estaba bien. Fue todo muy conmovedor.

Empecé otra vez a añorar a mi propia familia. Extrañaba a mi papá y a mi mamá, su preocupación había sido tan grande la última vez que los había visto, y en ese momento, en casa de Clara, no quise nada más que volver a mi familia, al sitio donde yo también era querido. Deseaba abrazar a mis padres, sentarme a la mesa con ellos y hablar de las cosas que hicimos durante el día, también las cosas que haríamos el resto de nuestras vidas. Les diría lo mucho que los quería y ellos me dirían lo mucho que me querían a mí, y nos sonreiríamos. ¡Si solo pudiera ser un niño otra vez!

—¿Por qué estás tan melancólico? —preguntó Clara.

—Extraño a mi familia —contesté inmediatamente y a punto de llorar como un bebé, aunque creo que los ratones no lloran, pero lo cierto es que tenía un nudo en mi garganta de ratón.

—¡Pobrecito pequeño! ¿Dónde está tu familia que no puedes estar con ellos? —preguntó la madre de Clara.

Les conté toda mi historia. Les hablé de Benjamín, el duende, de cómo me había convertido en un ratón y de mi urgencia por encontrar el significado de la Nochebuena antes de que el reloj diera las doce de la noche de Navidad. De lo contrario, nunca volvería a ser un niño y nunca volvería a ver a mi familia. Les dije que mi tiempo se acortaba cada vez más y, siendo ya el veinticuatro, mis esperanzas de resolver mi situación se estaban desvaneciendo a la velocidad de un rayo.

—¡Debe haber algo que podamos hacer para ayudarte! —Clara dijo agitada, como si sintiese mi desesperación en carne propia.

—Es inútil —suspiré—. Esta noche el reloj marcará las doce y no sé ni por dónde empezar.

—Nada es irremediable —dijo la mamá de Clara—. Si quieres algo intensamente, siempre hay una forma de obtenerlo.

—Mamá tiene razón. Si juntamos nuestras cabezas, seguro que algo se nos ocurrirá —añadió Clara.

Sus voces eran tan convincentes que, a pesar de mí mismo, empecé a sentir esperanzas.

—Necesito encontrar el verdadero espíritu de la Navidad antes de la medianoche —dije otra vez, como si decir las palabras en voz alta me ayudara a pensar mejor—. Si por lo menos pudiera leer un libro sobre el tema.

—¡Pero claro, pequeño! —dijo la mamá de Clara—. ¡La biblioteca queda a unos pasos de aquí!

—¡Sí! La biblioteca, Pablo, tú y yo podemos... —pero Clara no pudo terminar por más entusiasmada que había empezado.

—No, no, no señorita. Usted ya ha danzado suficiente por las calles hoy —interrumpió severa su madre—. Después del episodio que tuviste con ese gato, te me vas a quedar en la cama descansando.

—Sí, Clara. Tu madre tiene razón. Además, esto es algo que debo hacer yo solo. Tú ya hiciste suficiente por mí y no sé cómo te lo voy a pagar —le dije a Clara con toda sinceridad.

—Pablo, de ti depende esta Navidad y las Navidades que vendrán —sentenció la mamá de Clara.

Y fueron esas palabras las que le dieron voz a mi propósito, porque por fin ya tenía un propósito. Una misión. Si hubiera podido disponer de más tiempo... Pero no podía darme el lujo de lamentarme; además, mi cerebro ya estaba analizando las dificultades que se presentarían y buscando la forma de sobrellevarlas.

Cómo iba yo, Pablo, el ratón, con mis pequeñas patas y con mis pequeños ojos, a llegar a la biblioteca, encontrar un libro sobre la Navidad y lograr leer suficiente como para entender mi lección y luego regresar a la plaza para encontrar a Benjamín. ¡Todo eso antes del repique de la medianoche!

Parecía imposible.

—Lo haré. Prometo que lo haré —dije mientras daba la vuelta para salir—. Clara, por favor, mejórate, ¿sí?

Me despedí de ella con una última mirada para recordar a mi Clara, sentadita en su cama. Creo que la oí decir que me quería mucho, pero no estoy seguro.

Esa fue la última vez que vi a Clara y a su familia.

Corrí tan velozmente como lo permitieron mis patas. Entré por una ventana abierta a la biblioteca y me pareció una eternidad hasta que logré trepar. Empecé a buscar hasta que por fin encontré un libro que hablaba sobre la Navidad.

—Sí, este tiene que ser.

Me tomó otra eternidad derribar el libro y abrirlo para poder empezar a leer. Pero, finalmente, lo logré y leí con avidez.

Encontré a un Dios bondadoso y a su Hijo, un hijo que nació hace muchos años y que vivió en este mundo con nosotros, ¿puedes creer eso? En este propio mundo vivió el Hijo de Dios, y lo hizo para poder enseñarnos lo que es el amor de Dios nuestro Padre.

Estaba tan embebido en mi lectura que ni siquiera me di cuenta de la hora hasta que una pequeña campanita en la biblioteca anunció que eran las once y media de la noche. Me tomó un par de segundos asimilar el significado de la campanita y entonces me llené de pánico. No tenía más que media hora para llegar a la catedral.

—¡Aaaaahhhhh!

Salí corriendo de la biblioteca. Estaba a una cuadra de la plaza frente a la catedral cuando las campanas de la torre dieron su primer repique marcando las doce de la noche. En medio de mi turbación y de mi terror, y sin tener otra opción, empecé a gritar con todo el volumen que mis diminutos pulmones me permitieron.

—Benjamín, escúchame, ¡ya sé lo que es la Navidad! —Otro repique de las campanas. *Ya van dos.* —¡Se trata de Dios, nuestro Padre que nos quiere! —dije, pero mi voz se ahogó con el tercer campanazo—. Él nos envió a su único Hijo y su nombre es Jesús. ¡Él vino a vivir con nosotros y a enseñarnos! —En ese punto ya no me importaba el reloj. Mi corazón parecía estallar, aunque tenía pendiente que el total de los repiques eran cinco—. ¡Esa fue la primera Navidad! —continué sin saber cómo. Sentía que sufriría un infarto en cualquier momento—. ¡Y Él nos enseñó a querernos como hermanos y a vivir en armonía! —*Seis*—. ¡Pero nos hemos olvidado, Benjamín! —*Siete*—. ¡Y es por eso por lo que ahora tenemos a Papá Noel! —*Ocho, Nueve*—. ¡Es él quien, cada año, nos recuerda lo que es el espíritu de esa primera Navidad! —*Diez*—. Y nos trae obsequios como símbolos de cómo se debe dar amor y felicidad. —Ya alcanzaba a ver la plaza y la catedral, erguida en la oscuridad con su torre, marcando el final de mis esperanzas. *Once*—. ¡Sí! Amor y buena voluntad para toda la humanidad, todo el año y siempre, sin esperar algo a cambio —dije, pensando en Clara y en todo lo que hizo por mí. —*DOCE*—. Dejé de correr.

El campanazo todavía reverberaba en el aire mientras yo terminaba de decir lo que tenía que decir—: todos somos hermanos en el corazón de Dios y así es como debe ser.

Estaba agotado, mis patas no podían dar ni un paso más y mis pulmones estaban completamente desinflados. Había llegado tarde.

Ahogado como estaba, los sollozos explotaron desde el fondo de mi alma y no pude hacer nada para remediarlo.

—Has hecho bien, Pablo. —Era la voz de Benjamín—. Un poco tarde, pero, en fin. Has hecho bien.

Estaba dichoso de oír su voz. Mi cuerpo temblaba entero, desde la punta de mi nariz hasta la punta de mi cola.

—Benjamín, ¿dónde estás? —pregunté, pero la verdad era que no me importaba. ¡Qué satisfacción tan enorme oír su voz! Y saber que me había escuchado y que estaba allí.

—Has aprendido tu lección, Pablo, y yo mantendré mi palabra —dijo con un suspiro que me sonó a alivio.

Quién se hubiera imaginado que el temerario Benjamín había estado desvelado y ansioso. Claro que él nunca lo admitiría.

Así que con una humareda azul y al son de trompetas, Benjamín me convirtió en un niño, como lo había prometido.

Dándole las gracias, corrí a casa, con mis piernas de niño, a abrazar a mis padres, quienes, dicho sea, quedaron estupefactos al verme sano y salvo después de doce días de mi desaparición. Me cubrieron de besos y de abrazos y, cuando les hablé de Benjamín y de mi aventura inaudita, ¿sabes qué? ¡Me creyeron! Cada palabra, me la creyeron.

Benjamín nos estaba mirando y con una sonrisa y un guiño se despidió de nosotros, alzando el vuelo rumbo a Navidaldea, envuelto en su lluvia resplandeciente de polvo centelleante.

Obviamente, Benjamín llegó justo a tiempo para recibir las listas de manos de sus ayudantes (todos andaban cabizbajos luego del triunfo de Benjamín). Y, esa Nochebuena, Papá Noel voló una vez más, llevando su mensaje a toda la gente de buena voluntad.

Acuérdate siempre de este cuento y nunca te olvides del verdadero espíritu de la Navidad. El viejo Benjamín todavía trabaja en Navidaldea y más que nunca: ¡está a cargo de todas las listas!

FIN

Patricia Bossano

Galardonada prosista de ficciones filosóficas
y merodeos sobrenaturales.

Patricia reside en California con su familia
y allí compone sus obras.

Apreciado lector: las reseñas son la mejor manera de agradecer
a un autor por los meses y, a veces, años de esfuerzo invertidos en
la composición de un escape literario para sus seguidores.

Si disfrutó de este relato, por favor,
deje su reseña en el punto de compra, o en
www.WaterBearerPress.com

También de Patricia Bossano:

Faery Sight (próximamente en español)

Cradle Gift

Nahia

Seven Ghostly Spins: a brush with the supernatural

Love & Homegrown Magic

Disponible en
www.WaterBearerPress.com

www.ingramcontent.com/pod-product-compliance
Lightning Source LLC
Chambersburg PA
CBHW071359200726
48294CB00004B/1227